幼兒全語文 階梯故事 系列

誰也不讓誰

袁妙霞 著
野人 繪

園丁文化

松鼠媽媽買了兩對手套回來，
一對是紅色的，一對是藍色的。

松鼠姊姊說：「我喜歡紅色，
我選紅色的一對。」

松鼠妹妹說：「我也喜歡紅色，
我也選紅色的一對。」

媽媽對姊姊說：「你願意讓妹妹嗎？」
松鼠姊姊搖頭說：「不！」

媽媽對妹妹說：「你願意讓姊姊嗎？」
松鼠妹妹擺手說：「不！」

松鼠媽媽想了一會，說：「既然你們
都不肯讓步，那就只好這樣了！」

姊姊要一隻紅色手套，一隻藍色手套。
妹妹也要一隻紅色手套，一隻藍色手套。

導讀活動

提問

進行方法：

❶ 讀故事前，請伴讀者把故事先看一遍。
❷ 引導孩子觀察圖畫，透過提問和孩子本身的生活經驗，幫助孩子猜測故事的發展和結局。
❸ 利用重複句式的特點，引導孩子閱讀故事及猜測情節。如有需要，伴讀者可以給予協助。
❹ 最後，請孩子把故事從頭到尾讀一遍。

 封面
1. 請猜猜圖中的三隻松鼠是什麼關係？
2. 松鼠媽媽手拿着什麼？你知道這東西有什麼用處嗎？
3. 請把書名讀一遍。

 P2
1. 松鼠媽媽買了什麼東西回來？
2. 這兩對手套各是什麼顏色的？你猜這兩對手套是送給誰的？

 P3
1. 你猜松鼠姊姊喜歡媽媽送她手套嗎？你是怎樣知道的？
2. 松鼠姊姊手指着什麼顏色的手套？你猜她會選哪對手套呢？

 P4
1. 松鼠妹妹也來了。你猜她喜歡媽媽送她手套嗎？你是怎樣知道的？
2. 松鼠妹妹手指着什麼顏色的手套？你猜她會選哪對手套呢？

 P5
1. 松鼠姊姊和松鼠妹妹都選擇紅色的手套。你猜媽媽會跟姊姊說什麼？
2. 你猜松鼠姊姊願意讓出紅色的手套給妹妹嗎？

 P6
1. 松鼠姊姊不願意讓步。你猜媽媽現在跟松鼠妹妹說什麼呢？
2. 松鼠妹妹做了個什麼手勢？她願意讓出紅色的手套給姊姊嗎？

P7
1. 紅色手套只有一對，你猜松鼠姊妹最後誰會讓步呢？
2. 如果松鼠姊妹堅持各不相讓，你猜媽媽會怎樣解決這個問題呢？

 P8
1. 你猜對了嗎？媽媽用的是什麼辦法？
2. 你認為松鼠姊妹滿意媽媽的安排嗎？請說說你的看法。

成語故事 ## 鷸蚌相爭

① 鷸在空中看見一隻蚌在曬太陽，便飛下去想啄牠的肉。

② 蚌馬上把蓋合上，把鷸的長嘴緊緊夾住。

③ 牠們互不相讓，誰也不肯放過誰。這時，一位漁夫來了。

④ 漁夫毫不費力，就捉到了鷸和蚌。鷸蚌相爭，漁人得利啊！

字卡

❶ 把字卡全部排列出來，伴讀者讀出字詞，請孩子選出相應的字卡。
❷ 請孩子自行選出多張字卡，讀出字詞並口頭造句。

請沿虛線剪出字卡。

松鼠	買	手套
藍色	喜歡	選
願意	搖頭	擺手
既然	不肯	讓步

幼兒全語文階梯故事系列 第5級（挑戰篇） 《誰也不讓誰》 ©園丁文化	幼兒全語文階梯故事系列 第5級（挑戰篇） 《誰也不讓誰》 ©園丁文化	幼兒全語文階梯故事系列 第5級（挑戰篇） 《誰也不讓誰》 ©園丁文化
幼兒全語文階梯故事系列 第5級（挑戰篇） 《誰也不讓誰》 ©園丁文化	幼兒全語文階梯故事系列 第5級（挑戰篇） 《誰也不讓誰》 ©園丁文化	幼兒全語文階梯故事系列 第5級（挑戰篇） 《誰也不讓誰》 ©園丁文化
幼兒全語文階梯故事系列 第5級（挑戰篇） 《誰也不讓誰》 ©園丁文化	幼兒全語文階梯故事系列 第5級（挑戰篇） 《誰也不讓誰》 ©園丁文化	幼兒全語文階梯故事系列 第5級（挑戰篇） 《誰也不讓誰》 ©園丁文化
幼兒全語文階梯故事系列 第5級（挑戰篇） 《誰也不讓誰》 ©園丁文化	幼兒全語文階梯故事系列 第5級（挑戰篇） 《誰也不讓誰》 ©園丁文化	幼兒全語文階梯故事系列 第5級（挑戰篇） 《誰也不讓誰》 ©園丁文化